Vente les 21 et 22 Décembre 1893

(HOTEL DROUOT)

CATALOGUE

d'Estampes Japonaises

D'ALBUMS ILLUSTRÉS

ET DE KAKÉMONOS

FORMANT

LA COLLECTION DE M. X***, D'ANVERS

ET PROVENANT EN GRANDE PARTIE

DES EXPOSITIONS DE BRUXELLES ET D'ANVERS

BELLE SÉRIE DE PRIMITIFS
ŒUVRES DE CHOIX DE TORII KIYONAGA, HAROUNOBOU
SHOUNSHO, OUTAMARO
TOYOKOUNI, HIROSHIGHE, HOKUSAI, ETC.

ERNEST LEROUX, EDITEUR
28, RUE BONAPARTE, 28
1893

CATALOGUE

d'Estampes Japonaises

ORDRE DES VACATIONS

	Numéros
Jeudi 21 Décembre	1 à 224
Vendredi 22 Décembre	408 à 440
. . . .	225 à 407

CONDITIONS DE LA VENTE

La vente sera faite au comptant.

Les adjudicataires payeront cinq pour cent en sus des enchères, applicables aux frais.

M. Ernest Leroux se chargera des commissions des personnes qui ne pourront assister à la vente.

CATALOGUE
d'Estampes Japonaises
D'ALBUMS ILLUSTRÉS
ET DE KAKÉMONOS

PROVENANT DE LA

Collection de M. X***, d'Anvers

VENTE A L'HOTEL DES COMMISSAIRES-PRISEURS

RUE DROUOT, 9, salle n° 7,

Les Jeudi 21 et Vendredi 22 Décembre 1893

A DEUX HEURES PRÉCISES

EXPOSITION A L'HOTEL DROUOT

Le Mercredi 20 Décembre, de 2 à 5 heures

Me Maurice DELESTRE
Commissaire-Priseur
27, RUE DROUOT, 27

M. Ernest LEROUX
Libraire-Expert
28, RUE BONAPARTE, 28

PARIS
ERNEST LEROUX, ÉDITEUR
28, RUE BONAPARTE, 28

1893

TABLE ALPHABÉTIQUE

TABLE DU CATALOGUE

ESTAMPES JAPONAISES

Écoles anciennes

Les œuvres de ces artistes n'ont été gravées qu'au commencement de ce siècle.

MOTONOBOU

Peintre fameux de l'école de Kano, qui reçut de l'Empereur le titre de *Ko-hogen*. Il mourut à 82 ans, en 1559.

1. **Motonobou**. Dessin au trait, d'après un kakemono.

KORIN (1660-1716)

2. **Korin**. Deux enfants, l'un jouant avec une grenouille et une tortue, l'autre, accroupi en arrière sur ses deux mains, lançant jusqu'au ciel un jet de salive. Estampe oblongue.

3. — Les sept philosophes dans le bois de bambous. Estampe oblongue. Scène célèbre traitée ici d'une manière caricaturale.

École oukiyo-yé

PREMIÈRE PÉRIODE

Les Primitifs. — Atelier des Tori-i

TORI-I KIYONOBOU

Commencement du XVIIIe siècle, le créateur des estampes détachées publiées d'abord sous le nom de *Yédo-yé* (fin du XVIIe et commencement du XVIIIe siècle) et représentant les beautés célèbres et les acteurs fameux.

4. **Tori-i Kiyonobou.** La souricière. Une femme debout au-dessus d'un rat pendu à une souricière formant potence. Pièce étroite en hauteur d'un admirable dessin. La robe, à riche décor d'armoiries, est peinte de tons aquarellés roses et jaunes. Le chapeau et un coin du vêtement sont en noir laqué.

5. — Une jeune femme, assise sur le tronc d'un arbre dont les branches fleuries retombent et encadrent la composition. Gracieuse pièce aquarellée.

TORI-I KIYOMASSOU

Le successeur immédiat de Kiyonobou (XVIIIe siècle).

6. **Tori-i Kiyomassou.** Un homme tenant un couteau qu'il va plonger dans le corps d'une grande cigogne blanche étendue sur un banc; une femme à genoux le repousse de la main en brandissant une hache. Pièce étroite en hauteur rehaussée d'un léger coloris.

7. — Un personnage debout, en ample costume décoré de feuillage pose sur sa tête un immense chapeau de paille. Pièce en hauteur avec lavis et semis d'or.

8. — Un acteur debout en beau costume décoré d'armoiries. Planche en hauteur d'un dessin vigoureux. Rehauts d'aquarelle et de noir laqué.

TORI-I KIYOMITSOU

Fils de Kiyomassou (milieu du XVIIIe siècle). Il fut le maître de Kiyonaga.

9. **Tori-i Kiyomitsou.** Le printemps. Sous un prunier fleuri aux branches duquel sont suspendues des devises amoureuses, trois groupes de deux personnages forment une sorte de triptyque. Au milieu, une jeune femme agenouillée présente la boite à pinceaux au poète, qui va improviser quelques vers. A gauche, une jeune femme serrant la main d'un élégant samourai qui semble porter sa santé au moment de vider une coupe de saké. A droite, une autre jeune femme présente une tasse de thé à son compagnon.

Cette pièce est d'un superbe dessin rehaussé d'un coloris léger. L'élégance des attitudes, la légèreté de la démarche, les plis flottants des larges vetements, tout est traité avec ce soin minutieux que nous avons déjà signalé dans les belles œuvres de Kiyomitsou.

10. — La femme à la fontaine. Planche étroite en hauteur d'une extrême élégance.

Une femme en magnifique costume à décor de fleurs de lys et de chrysanthèmes s'appuie d'une main sur un tronc d'arbre creusé d'où l'eau jaillit à flots. De la main droite elle tient au-dessus de sa tête une cuillère en bois. Pièce d'un dessin très soigné et d'un coloris harmonieux. Le bras nu et la main levée sont d'un galbe exquis.

11. — La promenade. Une jeune femme, suivie d'un homme tenant un parasol au-dessus de sa tête. Charmante composition de format carré.

La femme s'avance avec cette démarche ondulée particulière aux Japonaises; le haut du corps est rejeté en arrière, les larges manches flottent, tandis que les plis des jupes ouvertes en avant forment un amoncellement sous la large ceinture.

TORI-I KIYOHIRO

Fin du XVIIIe siècle.

12. **Tori-i Kiyohiro.** La guésha. Une jeune femme en costume noble s'apprête à exécuter une danse sacrée. Jolie pièce à tons roses et verts, dans un encadrement.

13. **Tori-i Kiyohiro.** La fumeuse. Une dame debout, la pipette à la main. Riche costume rose et bleu décoré d'armoiries. Pièce en hauteur. Tirage à tons brillants.

14. — Une femme, en charmant costume rose décoré de feuillage vert et d'armoiries, tient un grand chapeau de paille. Pièce à deux tons d'une gracieuse allure.

TORI-I KIYOSHIGHÉ

15. **Tori-i Kiyoshighé.** Un acteur de drame. Gros personnage à larges favoris encadrant un masque bizarre. Le costume richement décoré se reconnait pour celui d'un samouraï aux deux sabres passés à la ceinture. Estampe en hauteur à plusieurs tons.

16. — Un acteur de drame. Pièce analogue à la précédente. mais tirée en noir et gris avec légers rehauts de vert.

PIÈCES DE DIVERS ARTISTES D' PREMIER ATELIER DES TORI-I

Œuvres intéressantes des successeurs immédiats de Moronobou.

17. — La couture. Une jeune femme agenouillée répare un petit accident survenu au vêtement d'un élégant samouraï debout auprès d'elle. A ses pieds est ouverte la boite à ouvrage avec les ciseaux. les aiguilles, les pelotes de fil, etc. Jolie pièce à trois tons.

18. — La victoire du petit Yoshitsouné sur le géant Benkei au pont de Gojo à Kyoto. Estampe étroite en couleur.

19. — Le bon Hotei portant sur ses épaules un petit garçon armé d'un drapeau. Amusante pièce traitée à grands coups de pinceaux.

20. — Une dame et deux enfants près d'une baie à treillis. Estampe de grand format gravée en traits énergiques. A signaler quelques touches d'un rouge-brique peu harmonieux.

21. — Scène au Yoshiwara. Promenade de courtisanes escortées par un domestique portant un parasol. Les femmes s'avancent les yeux baissés. de l'air le plus innocent du monde. Estampe en hauteur avec quelques légers tons d'aquarelle.

22. — Scène maternelle. Une femme amusant un enfant avec un jouet qu'elle tient à la main. Au-dessus d'elle, un arbre allonge ses branches en fleurs qui forment un encadrement à la composition. Estampe étroite en hauteur.

Œuvre fort intéressante du premier atelier des Tori-i. Le dessin est exécuté avec cette vigueur et cette sûreté de pinceau que les premiers artistes de l'école Oukiyo-yé empruntèrent à Moronobou. Quelques rehauts d'aquarelles ont été ajoutés.

Les Okoumoura et les Nishimoura

OKOUMOURA MASSANOBOU

Contemporain de Kiyonobou, dont il imita la manière.

23. **Okoumoura Massanobou.** Confidences. Une jeune femme et une jeune fille tendrement enlacées sont assises sur un banc. La jeune fille tient dans ses doigts longuement effilés un rouleau de papier qui semble être l'objet de la conversation. Grande estampe d'un admirable dessin et d'un charme pénétrant. Le tirage, d'une tonalité générale brunie, est rehaussé de teintes roses fort élégantes.

Œuvre de premier ordre de ce maître, dont les estampes sont aussi rares que recherchées.

24. — Une jeune femme en promenade. Elle tient au-dessus de sa tête un éventail ouvert et relève ses jupes, découvrant un joli bas de jambe. A côté d'elle, une marchande de fleurs.

25. — La musique. Un homme agenouillé près d'une dame qui joue du shamisen.

Peinture à la gouache de format oblong. Le dessin rappelle celui de Moronobou.

26. — Un vieux bonhomme lutine une femme; le mari accourt brandissant un bâton. Estampe en noir de format oblong.

ATELIER DES OKOUMOURA

27. **Atelier des Okoumoura.** Une grande cigogne blanche traverse l'espace portant, couché sur son dos, un homme à qui une jeune déesse présente une coupe de saké. Estampe de format oblong.

NISHIMOURA SHIGHÉNAGA

La plupart de ses estampes furent imprimées de 1716 à 1748.

28. **Nishimoura Shighénaga**. Une rue de Kioto. Au premier plan, une sorte de grand portique rouge et jaune forme comme un cadre à la composition, où l'on voit en perspective une rue bordée de maisons à un étage. Une vingtaine de personnages, vigoureusement dessinés, forment des groupes intéressants et animés. Estampe de grand format oblong.

29. — Ebisou, l'un des dieux du bonheur, gambade joyeusement en frappant sur un tambourin, pour amuser deux petits garçons. Estampe en hauteur d'un dessin énergique, avec quelques rehauts aquarellés et des noirs laqués.

30. — Deux femmes dans un intérieur. Dessin au trait; style des Torii.

31. — La marchande de fleurs. Superbe pièce de la série des *ouroushi é*.

La femme marche, portant sur son épaule un bâton courbé auquel sont suspendues deux étagères chargées de vases, dont les fleurs viennent former autour de sa tête comme un encadrement de pivoines et de chrysanthèmes. La démarche un peu alourdie, le léger balancement du corps sont rendus avec soin et l'ensemble ne manque pas de charme.

SHIGHÉNOBOU

32. **Shighénobou**. Une dame en promenade. Belle pièce de la série des *ouroushi é*. Estampe en hauteur d'un admirable dessin.

33. — Un acteur en femme. Belle pièce d'un dessin vigoureux à tons laqués. Estampe en hauteur du genre *ouroushi é*.

ATELIER DES NISHIKAWA

34. **Atelier des Nishikawa**. Deux estampes de format carré. Dessin au trait rehaussé de deux tons, jaune et vert. Dans l'une, une jeune fille montée sur un buffle gravit une montagne escarpée. Dans l'autre, un jeune garçon est menacé par un terrible dragon. École de Soukénobou.

Les Tsoukioka

MORIKOUNI

Mort en 1748, à l'âge de 78 ans.

35. **Morikouni.** Scène dans la campagne. Des moissonneurs et un petit garçon trainant un bœuf chargé d'épis qui viennent d'être coupés. Pièce oblongue au trait.

Les Hishikawa

HISHIKAWA TOYONOBOU

Élève de Nishimoura Shighénaga, mort en 178[illegible].

36. **Hishikawa Toyonobou.** Superbe estampe de format kakémono représentant une femme debout, tenant un shamisen à la main. Pres d'elle, une petite fille sort un livre de son enveloppe. Dessin d'un grand style rehaussé de quelques tons légers d'aquarelle. Fond gris, bruni par le temps.

Pièce fort rare.

37. — Les bulles de savon. Sept petits garçons soufflent des bulles de savon et gambadent joyeusement. Au fond, par une baie entr'ouverte, on voit un jeune homme présentant des gâteaux et des poissons à une statuette bouddhique placée sur un petit autel. Estampe a trois tons.

DEUXIÈME PÉRIODE

HAROUNOBOU

Vers 1770. Un des plus charmants artistes du Japon.

BELLE SUITE DE PLANCHES EN MAGNIFIQUE ÉTAT DE CE CHARMANT ARTISTE

38. **Harounobou.** Au bord de la mer. Sur un rivage que vient baigner une vague, deux jeunes femmes regardent un rocher qu'on voit au loin. L'une, vêtue d'une robe jaune-brun, a la taille serrée par une large ceinture à dessin de grecque. L'autre s'avance les jambes nues, son long vêtement rose soulevé par le vent. Elle tient de ses deux mains son large chapeau de paille. Tirage à gaufrures.

39. — La pluie. Trois jeunes femmes s'abritant sous leurs parapluies marchent dans la rue. Leurs robes relevées laissent voir leurs jambes nues. Charmante pièce à tons roses et verts.

40. — La pipe. Une jeune femme allume sa pipe à celle d'un jeune Samouraï suivi d'un petit domestique. Fond gris. Tirage à tons brillants avec gaufrures.

41. — L'ouragan. Un grand coup de vent, qui fait tout voler en l'air, soulève la robe d'une jeune femme, mettant ses jambes à nu. La femme court en levant un bras vers le ciel. Dans le haut, le dieu de la tempête, au milieu de la pluie qui tombe en torrents, tend vers la jeune femme une longue banderolle couverte d'écriture. Curieuse composition, format kakémono.

42. — Deux jeunes femmes sortent du bain. L'une d'elles examine ses lèvres dans un miroir. Élégante composition en format kakémono.

43. **Harounobou**. Un petit garçon tout nu gambade près de sa mère et la tire par son vêtement, la montrant elle-même dans une nudité presque complète. Très belle estampe, format kakémono.

Nous appelons l'attention sur ces trois planches aussi intéressantes par leur exécution que par leur rareté.

44. — La coiffure. Deux jeunes femmes dans un élégant intérieur décoré d'un *tsouitaté* sur lequel est peinte la récolte dans les rizières. Belle pièce d'un joli dessin.

45. — La terrasse. Deux jeunes femmes sur une terrasse d'où l'on découvre un vaste paysage.

46. — Le petit Prince à cheval, accompagné d'une dame qui tient un parasol au-dessus de sa tête. Tirage à tons vifs.

47. — La lecture. Deux jeunes femmes lisant un long makimono. Par une baie, on aperçoit un sapin couvert de neige. Tirage à gaufrures.

48. — Le petit chien. Une fillette et un enfant jouant avec un petit chien noir. Dans le fond, vue sur un étang.

49. — Les espiègles. Trois enfants à demi nus dans un jardin. Ils viennent de renverser un grand vase jaune.

50. — Le jeu. Deux dames s'amusant avec une cordelette enroulée qu'il s'agit de dénouer. Tirage à gaufrures.

51. — Plaisirs d'enfants. Trois petits garçons dont l'un tape sur un tambourin tandis que l'autre souffle dans une flûte et qu'un troisième, la figure couverte d'un masque, court en tenant un gros bâton auquel sont suspendues de petites feuilles de papier. Pièce à fond bistré.

52. — Le moulin. Une femme tourne la roue d'un petit moulin à farine. Elle semble appeler quelqu'un de la main. Élégant costume à rayures dont l'échancrure laisse apercevoir les seins nus. Au premier plan, un petit garçon avec une tortue en laisse.

53. — La causerie. Deux jeunes femmes sur une terrasse. Au fond, des sapins.

54. **Harounobou.** Le jeu de mains. Deux jeunes femmes accroupies se livrant à un de leurs passe-temps favoris. Une troisième, debout, tient un shamisen.

55. — Une femme porte sur son épaule une pyramide de boites. Elle marche en agitant son éventail, et se retourne vers une autre femme qui, nonchalamment appuyée au seuil de sa maison, la regarde. Tirage à gaufrures.

56. — La lettre d'amour. Une jeune fille vient de détacher d'un arbuste deux fleurettes qu'elle a soigneusement recueillies sur une feuille de papier blanc. Sa main s'apprête à tracer la lettre qui accompagnera le tendre message. Jolie estampe de format carré.

Cette pièce remarquable a été publiée, mais avec des tonalités toutes différentes, dans le *Japon artistique*.

57. — La boule de neige. Trois petits garçons roulant une grosse boule.

58. — Une déesse, assise sur une cigogne blanche qui plane dans les airs, lit un makimono.

59. — Le coup de vent. Une jeune femme, les jambes nues, les vêtements flottants, court après une longue bande de linge emportée par le vent dans les eaux d'un torrent.

60. — Deux jeunes femmes dans une barque. Fond gris.

61. — La causerie. Deux jeunes femmes sur une terrasse près d'un jardin. L'une parle tout bas à l'oreille de sa compagne, qui, les yeux perdus dans le vague, semble en proie à une profonde mélancolie.

62. — La lutte. Une jeune femme renversée par son amie tombe les jambes en l'air.

63. — Deux femmes et un homme tenant un arc et des flèches.

64. — La toilette. Une jeune femme nue jusqu'à la ceinture lave la figure noircie d'un petit garçon. Charmante pièce d'un joli dessin.

65. **Harounobou**. Une jeune femme en costume rose s'avance, les jambes nues, sur une treille, près d'un ruisseau.

66. — Une dame et un enfant avec un petit chien noir sur une terrasse dominant un paysage.

67. — Méditation. Une jeune fille marche d'un air pensif au bord d'une rivière. Au-dessus d'elle, les branches d'un saule.

68. — La lecture. Deux femmes lisant un long makimono.

69. — Plaisirs d'hiver. Deux femmes regardent une petite fille qui dessine le contour des yeux d'un gros chien en neige. Ciel jaune.

70. — Les laveuses. Deux femmes retirant du linge d'une grande cuve rose dans un jardin.

71. — Les lucioles. Un enfant gambadant près de sa mère, qui tient de la main gauche une petite cage.

72. — La ceinture. Une jeune femme, debout près d'un banc, noue sa longue ceinture. Pièce d'un charmant dessin et d'un coloris élégant qui se détache harmonieusement sur le fond jaune et rose de l'estampe.

73. — Les gueta. Une jeune fille détachant la neige de la chaussure de sa compagne. Jolie pièce terminée par les eaux d'une rivière et un ciel gris piqueté de blanc.

Les guéta sont des socques de bois attachés aux pieds nus par une cordelette. Ils se portent hors de la maison.

74. — La pâtissière. Une femme court, les jambes nues; elle porte dans un plateau des petits gâteaux. A côté d'elle un fourneau et une étagère. Belle pièce où l'on remarquera une intéressante étude de nu.

Toutes les estampes qui précèdent sont en format carré.

75. — La naissance. Trois femmes lavant un petit enfant, sous l'œil attentif d'un médecin. A côté, d'autres femmes préparant des mets pour la jeune accouchée. Intéressante estampe de format oblong.

76. **Harounobou.** Deux femmes dans une barque sur un étang couvert de nénuphars. Pièce de grand format.

77. — Le soleil couchant. Les flots d'une mer agitée battant des rochers. Au premier plan, une barque se dirige vers une femme à la nage, et, dans le fond, un grand disque rouge traversé par des nuages commence à disparaître dans les flots. Estampe en hauteur, traitée d'une manière qui se rencontre rarement dans l'œuvre d'Harounobou.

78. — Promenade d'hiver. Deux amoureux s'avancent, abrités sous un large parapluie. La neige tombe à gros flocons et couvre déjà la campagne. Sur le fond gris, la robe blanche et le surtout noir du jeune couple forment une curieuse opposition. Estampe de format carré.

Une variante de cette pièce a été publiée dans le *Japon artistique*, nº 32

Second atelier des Tori-i

TORI-I KIYONAGA

Fin du XVIIIᵉ siècle. Un des artistes les plus personnels du Japon, et l'un de ceux qui, rompant avec le style conventionnel des écoles primitives, ont su le mieux donner la vie à leurs personnages et les faire agir et se mouvoir dans des paysages étudiés sur nature.

79. **Tori-i Kiyonaga.** La volière. Beau triptyque d'un effet décoratif en tirage à tons veloutés.

Dans un jardin, entouré de cages remplies d'oiseaux, trois groupes de jeunes femmes se promènent. D'autres personnages sont devant les cages, des petits garçons font circuler des rafraîchissements. Dans ce triptyque, comme dans les meilleures estampes de l'artiste, tout est parfait : la composition, le dessin des personnages, le paysage et le coloris, tout dénote le maître élégant dont l'œuvre tient une si grande place dans l'estampe japonaise.

80. — Concert de shamisen et de koto. Jolie composition à trois personnages. Pièce de format carré.

81. — L'escalier. Deux femmes, montant un escalier à rampe jaune, se détournent vers une gargouille à tête de dragon d'où s'échappe un flot d'eau. Format carré.

82. **Tori-i Kiyonaga.** La glace. Une jeune femme, dont les *guéta* glissent sur le sol glacé, est aidée dans sa marche par un homme qui lui tient le bras. Une autre femme les éclaire avec sa lanterne. Format carré.

Agréable composition. On remarquera avec quelle habileté l'artiste a rendu la démarche trébuchante de la femme qui, dans son trouble, laisse voir à nu une de ses jambes.

83. — La visite. Trois jeunes femmes à la porte d'un jardin. L'une d'elles prend congé et s'éloigne, sa lanterne à la main. Pièce de format carré.

84. — La volière. Deux jeunes femmes regardent à travers un grillage les ébats de canards mandarins. Pièce de format carré.

85. — Cinq porteurs auprès de leur bagage déposé à terre. Ils ont chacun un éventail à la main et un linge serré autour de la tête. Robes roses et jupes à rayures bleues. Format carré.

86. — Trois jeunes femmes près d'un petit oratoire bouddhique couvert d'ex-voto. Jolie composition de format carré. Tirage à tons harmonieux.

87. — La promenade. Deux femmes et une petite fille, suivies d'une servante qui porte une caisse et une branche de cerisier en fleurs. Beaux costumes avec des rehauts de noir velouté. Format carré.

88. — Dames en promenade. Estampe de grand format à quatre personnages.

89. — Un samouraï et son fils suivis de trois dames dont l'une tient un parasol ouvert.

90. — La sieste. Un homme et une femme sur une terrasse. La dame, debout, fume sa pipe. Format carré.

91. — L'intrus. Un homme, la tête couverte d'un grand chapeau et portant deux sabres à la ceinture, est assis sur un banc dos à dos avec une jeune femme. Une autre femme, debout, regarde le personnage. Au fond la Soumida avec le grand pont.

92. **Tori-I Kiyonaga**. Des femmes dans un jardin. Pièce en hauteur d'un beau tirage.

93. — Une femme, tenant dans chaque main une corbeille de fleurs, exécute une danse élégante, accompagnée par deux petits garçons aux pieds nus. Jolie pièce de format carré.

94. — Deux hommes, assis à la porte d'une maison de thé, regardent passer devant eux un cortège de jolies femmes en riches costumes. Belle estampe de grand format oblong.

95. — Affiche de théâtre. Au centre deux acteurs en costume de Nô! Estampe oblongue de grand format.

96. — Trois jeunes femmes en promenade. Gracieuse composition d'un coloris léger.

97. — Trois jeunes femmes et un enfant sur une terrasse. On voit dans le fond les différentes pièces de la maison décorées de peintures.

98. — Plaisirs d'enfants. Six enfants sur un fond jaune. Au premier plan, deux petits garçons dont l'un frotte une pierre à écrire sur laquelle un autre jette de grandes cuillerées d'eau.

99. — Trois jeunes femmes au bord de la rivière. Dans le fond, les maisons d'un village.

100. — Trois personnages, dont une jeune femme accordant un shamisen.

101. — Trois femmes dans une barque; de l'autre côté de la rivière, des collines verdoyantes.

Ces dernières pièces sont des estampes de grand format en tirage à tons brillants, œuvres excellentes du charmant artiste.

TORI-I KIYOMINÉ

102. **Tori-i Kiyominé.** Deux estampes représentant une femme dans un encadrement circulaire, l'une écrit un makimono, l'autre joue avec un petit chien noir. Dans le fond un paysage au trait, avec un cartouche dans lequel est peint un des 36 poètes.

KORIOUSAI

XVIIIe SIÈCLE

103. **Koriousaï.** La prière. Deux jeunes femmes, sur une terrasse, joignant les mains dans l'attitude de la prière. Au fond, la mer et le soleil couchant. Scène fort rarement traitée dans les estampes japonaises. Format carré.

104. — Un gros personnage à cheval déguste une brochette qu'il vient d'acheter à une marchande en plein vent. Estampe oblongue en noir. Dessin au trait, de style chinois.

105. — Deux jeunes filles au bord de la mer, l'une fumant sa pipette, l'autre regardant le va-et-vient des barques. Superbe pièce en format kakémono.

106. — La sortie nocturne. Une courtisane escortée de deux kamouros et d'un porteur de lanterne. Estampe de grand format, fond bistré.

107. — La promenade. Une courtisane, accompagnée de trois suivantes. Belle estampe de grand format.

Koriousaï représente souvent ses femmes avec une démarche bizarrement ondulée. Le ventre porté en avant, les épaules rejetées en arrière, les larges manches pendantes, les *guéta* chaussés aux pieds, portant à peine la terre, tout cela donne à la marche une allure lourde qui rappelle celle d'un homme ivre.

108. — Deux femmes marchant dans la neige, abritées sous de grands parapluies. Très jolie pièce d'une tonalité douce assez rare chez Koriousaï.

109. — Un paon dans une cage. Près de lui, deux femmes et un enfant.

110. — Le coucher. Une femme allongée derrière une moustiquaire verte avance à son amie un petit brasero. Le bras seul est vu à nu.

111. — Un couple élégant d'amoureux marche en causant dans la campagne.

112. **Koriousaï**. Deux femmes lisent un makimono près d'un brasero allumé.

113. — Duo de shamisen.

114. — Des grues s'abattant sur une rivière. Tirage à gaufrures.

115. — Combat de coqs. Pièce d'un excellent dessin.

116. — Deux canards mandarins près d'une rivière. Belle pièce qui a été reproduite en couleur dans le *Japon artistique*.

Toutes les estampes qui précèdent sont en format carré.

BOUNTSHO

Peintre de la fin de XVIIIe siècle.

117. **Bountsho**. Un acteur tenant une souricière à laquelle est pendu un rat blanc. Estampe étroite en hauteur à tons verts et rouges.

Les Katsoukawa

SHOUNSHO

Seconde moitié du XVIIIe siècle.

118. **Shounsho**. Une jeune femme, en robe mauve, se retourne vers un jeune homme qui la regarde en poussant une cloison mobile *karakami*. Elle est à genoux près de sa bibliothèque et interrompue au moment où elle écrivait sur un makimono. Belle estampe oblongue formant la première composition d'une série érotique.

119. — Le départ. Un guerrier couvert de son armure, le casque en tête, voit s'avancer vers lui sa jeune femme éplorée qui lui apporte un sabre dans son fourreau, fait d'une queue de tigre. Jolie estampe de format carré.

120. — Le guerrier a quitté son palais. Nous le retrouvons ici dans la campagne, monté sur un magnifique cheval noir et marchant à la recherche de l'ennemi.

121. **Shounsho**. La victoire. Dans un combat corps à corps, le guerrier vient de terrasser son ennemi et brandit son sabre, prêt à lui trancher la tête. La scène est peinte sur un fond noir. La lune éclaire d'une lumière blafarde le ciel et les collines vertes.

Ces trois compositions forment tout un drame et offrent une véritable peinture des mœurs de la chevalerie au Japon du temps des terribles guerres féodales.

122. — Deux femmes, élégamment vêtues se rencontrent avec deux komossos dans leur costume traditionnel, panier d'osier sur la tête, flûte à la main, n end particulier à la ceinture. Belle pièce de grand format.

123. — Un personnage, en ample costume verdâtre, présente un coffret. Format carré.

124. — Deux moines quêteurs, en robe grise à surtout noir. Pièce en hauteur.

125. — La récolte du mûrier. Jolie pièce à trois personnages, dont une jeune femme du plus ravissant dessin.

126. — La fuite. Une dame de la cour emportée sur le dos d'un noble personnage qui presse le pas et jette en arrière un regard inquiet.

127. — La solitude. Jeune femme couchée près d'un ruisseau.

Les pièces qui précèdent sont de format carré.

SHOUNYEI

Commencement du XIXe siècle.

128. **Shounyei**. Une dame tenant un cheval en laisse. Belle robe verte à surtout rose, avec des broderies tirées en gaufrures. Pièce en hauteur.

SHOUNJO

129. **Shounjo**. Un acteur de drame, les bras attachés derrière le dos, une épée nue entre les dents; comme fond, un ciel noir rayé par la pluie. Pièce en hauteur.

SHOUNSEN

130. **Shounsen.** Un petit kiosque au bout d'une jetée, sur un golfe entouré de collines boisées. A l'horizon, un vol d'oies sauvages. Très jolie pièce en excellent tirage. Sur le fond bistré, la ligne d'horizon, les nuages, le contour des côtes et les flots sont indiqués par des gaufrures à sec.

SHOUNSEN

Élève de Shouniyei.

131. **Shounsen.** La collation sur la terrasse. Par une belle soirée d'été, quatre personnages se livrent à leurs plaisirs favoris. Deux jouent à un jeu de mains. Une dame accompagne son chant sur le shamisen. Une servante apporte un poisson et des friandises. Au pied de la terrasse coule une rivière dont les flots sont indiqués par des gaufrures. Belle estampe oblongue. Style des Outagawa.

132. — Les bords de la Soumida. Au premier plan, des jeunes femmes et des enfants en promenade. Au second plan, la rivière, que sillonnent des barques poussées par de vigoureux bateliers, Dans le fond, un grand pont et un ciel rose. Belle planche de grand format oblong en excellent tirage.

SHOUNZAN

133. **Shounzan.** La fête des enfants. Amusant diptyque plein de mouvement et de gaité. Épreuve en beau tirage où dominent les verts et les roses.

134. — Un manzai dansant un pas grotesque. Pièce étroite en hauteur. (Atelier des Katsoukawa.)

YEISHI

Élève de Shounsho et de Kiyonaga.

135. **Yeishi.** La barque. Près d'une longue barque, au bord de la mer, sont groupés quatre personnages : un pêcheur, une femme

fumant sa pipette; une autre, fort jolie, dans un élégant costume à rayures et à ceinture rose, offrant une coupe de saké à une amie qui s'éloigne.

Charmante composition, d'un coloris harmonieux et d'un beau tirage. — Le dessin de la femme debout, ses draperies flottantes, sa démarche légère, tout cela est exquis comme certaines figures des Primitifs de la Renaissance italienne.

136. **Yeishi.** Scène dans la campagne. Deux jeunes femmes et une petite fille auprès de pruniers en fleurs. Plus loin, d'autres personnages et un élégant norimono que les porteurs viennent de déposer à terre. Estampe carrée d'un joli tirage à tons fins.

137. — Deux jeunes filles dans un intérieur. Charmante pièce en hauteur, d'une agréable tonalité.

138. — Le mariage noble. Triptyque d'un bel effet décoratif.

Une jeune femme vient de descendre du lourd chariot qui l'a amenée. Suivie de plusieurs compagnes, dont l'une tient un grand parasol ouvert au-dessus de sa tête, elle s'avance vers un kiosque où l'on voit un jeune prince venir à sa rencontre. Six jeunes femmes, vêtues d'élégants et somptueux costumes, se préparent à recevoir la fiancée. Toute cette scène, peinte avec des mauves, des verts et des gris légers, se détache sur un fond jaune. Deux robes noires brodées de blanc rompent seules la tonalité générale.

139. — Trois planches d'une grande composition représentant un long bateau divisé en compartiments dont chacun est occupé par un groupe de femmes. Les unes admirent un gracieux arrangement de chrysanthèmes, d'autres causent en mangeant des friandises, d'autres font danser des chevaux de bois au son d'un shamisen et d'un tambourin. Dans le fond, le store relevé laisse apercevoir la rivière sillonnée de barques. Épreuve en beau tirage à tons passés.

140. — L'inspiration. Une jeune femme, à sa table de travail, réfléchit à ce qu'elle va écrire sur la feuille de papier préparée devant elle. Grand format carré.

141. — Une dame se disposant à peindre sur son éventail un dessin à l'encre de Chine. Grande pièce à tons légers.

YEISHO

Élève de Yeishi.

142. **Yeisho**. Les poétesses. Superbe triptyque aux couleurs éclatantes. Grande composition décorative d'un effet surprenant. Trois jeunes femmes accroupies dans des poses d'une grâce alanguie lisent où écoutent des vers. Leurs costumes sont de larges robes ou le bleu se marie au rose tendre, le rose au mauve, le noir au rouge semé de blanc. Et, sur le fond jaune, se détache un paon immense dont le riche plumage forme une décoration chatoyante d'une richesse et d'une fantaisie extraordinaires.

143. — Une femme, à l'aspect de déesse et vêtue magnifiquement, tient à la main le petit orgue portatif appelé shô dont les tuyaux sont de petits bambous. Dans le fond est peint le plumage décoratif d'un ho-ô gigantesque. Belle pièce de grand format.

144. — Une dame, accroupie pres d'un vase de pivoines, lit un makimono déroulé sur ses genoux. Pièce fort élégante à tons légers sur fond jaune.

SHOUNTSHO

Fin du XVIIIe siècle. Un des plus heureux imitateurs de Kiyonaga.

145. **Shountsho**. Promenade de printemps. Un jeune couple marche dans la campagne, venant jouir du spectacle de la floraison des arbres. Très belle estampe en format kakémono.

146. — Les voyageurs. Magnifique triptyque, d'une coloration douce et d'un dessin très soigné, rappelant la manière de Kiyonaga.

Trois groupes de personnages : une élégante jeune femme dans son kago; un petit garçon sur un grand cheval près duquel marche une femme, la tête couverte d'un chapeau de paille; trois piétons cheminant d'un air fatigué. Au fond, le Foudji dresse sa cime neigeuse, tandis qu'au premier plan de robustes sapins étalent leurs branches verdoyantes.

147. — Quatre jeunes femmes s'avançent en cortège dans un élégant intérieur. Pièce de grand format.

148. **Shountsho**. Scène finale d'un drame. Trois acteurs et, derrière eux, trois musiciens. Estampe de grand format.

149. — Trois jeunes femmes et un enfant. Élégante composition en tirage brillant. Format carré.

150. — Quatre jeunes femmes, dont une à genoux. Jolie pièce de format carré.

151. — Trois jeunes femmes en élégant costume sous des arbres en fleurs. Format carré.

152. — Deux femmes et un enfant dans la campagne. Pièce carrée d'une tonalité jaune et rose.

Les Kitao

KITAO SHIGHÉMASA 1739-1819

153. **Kitao Shighémasa**. L'averse. Deux jeunes femmes s'abritant sous un parapluie jaune, regardent voleter au-dessus de leurs têtes huit petits oiseaux surpris par l'ondée.

Charmante estampe, du dessin le plus élégant. Les costumes serrés à la taille et gracieusement relevés, les attitudes, les mouvements du corps, le joli galbe d'un bras nu, tout est ravissant dans cette composition.

154. — Une dame et une petite fille portent des chrysanthèmes qu'elles viennent de cueillir. Dans le fond, un pont jeté sur un torrent et les branches dépouillées d'un saule. Aimable composition en bon tirage.

155. — La chevauchée devant le Foudji. Une dame de la cour enfouie dans les flots de son ample vêtement est montée sur un cheval noir que son mari tient en laisse. Grande estampe de style archaïque.

Ici l'artiste, rompant avec ses traditions habituelles de charme et d'élégance, a conçu son œuvre à la manière des premiers Torii. Il a traité le dessin du cheval et du paysage à grandes touches vigoureuses, mais il se trahit dans le coquet arrangement des draperies, dans l'effilement des mains, dans l'harmonieuse coloration des costumes.

KIKOUGAWA YEIZAN

156. **Kikougawa Yeizan.** La causerie. Une femme sortant du bain vient de jeter sur ses épaules un ample peignoir. Elle cause avec une amie, tout en s'épongeant encore.

157. — Deux courtisanes en buste. L'une tient une coupe de saké. Élégant tirage à tons éteints.

158. — La lettre. Une courtisane debout montre une lettre qu'elle tient à la main à une compagne entrevue au dehors à travers la cloison en treillis.

159. — Une courtisane en riche costume jouant avec une balle. Jolie pièce décorative.

160. — Scène de drame, à deux personnages, au bord de la mer. Estampe oblongue en tirage ancien.

161. — Un jardin au Yoshiwara. Au premier plan, un groupe d'hommes et de femmes qui assistent à un spectacle. Au fond, sur les galeries, quelques femmes, et, à travers la transparence des cloisons en papier, d'autres personnages se silhouettant en ombres chinoises.

SHARAKOU

Le fameux peintre de portraits de la fin du XVIIIe siècle.

INTÉRESSANTE SUITE DE PLANCHES DE GRAND FORMAT, représentant des portraits en buste sur fond noir micacé. L'artiste se montre ici, comme toujours, puissamment personnel. Dessinateur extraordinaire, il rend en quelques traits une physionomie avec toutes ses passions, avec tout son caractère, et ses personnages ont une telle intensité de vie que leur image se grave ineffaçable dans l'œil du spectateur et qu'on ne les oublie pas dès qu'on les a vus une fois.

162. **Sharakou.** Un vieillard au masque grimaçant, à la bouche édentée.

163. — Un homme, la pipe à la main. Costume à carreaux avec revers en noir laqué.

164. — Un homme portant une lanterne.

165. **Sharakou.** Un acteur comique, en costume rouge bordé de noir.

166. — Un acteur de drame, l'air menaçant, une main à la poignée de son sabre. Robe gris-bleu avec armoiries. Très belle épreuve.

167. — Deux acteurs en costume de femme. Personnages comiques au masque bizarre.

OUTAMARO (1754-1797)

168. **Outamaro.** Portrait en pied d'une courtisane. Superbe estampe de grand format, d'un dessin sobre et énergique et d'un coloris tendre et harmonieux.

Œuvre excellente de la maturité de l'artiste. La femme est représentée faisant sa promenade dans la rue du Yoshiwara. Sa robe, d'un mauve léger avec des dessous roses et verts, est magnifiquement brodée de pruniers en fleurs. Les plis sont indiqués en hardis coups de pinceaux. La tête est d'un galbe charmant. Deux petites Kamouros complètent le tableau qui est peint sur un fond gris [illegible] tonalité en harmonie avec celle des étoffes.

169. — Une partie de pêche. Très belle estampe de grand format oblong.

Dans un superbe paysage représentant une baie entourée de rochers, une foule de personnages se livrent au plaisir de la pêche. Quatre jeunes femmes debout forment au premier plan deux groupes charmants peints des couleurs les plus délicates. Cette excellente composition rappelle le plus beau style de Kiyonaga, non seulement dans le paysage, mais aussi dans le groupement des personnages et même dans le dessin des femmes.

170. — Les pêcheuses d'awabi. Deux femmes nues plongeant pour aller chercher au fond de l'eau ces coquilles, et sur l'eau trois personnages dans une barque. Pièce oblongue en deux feuilles.

171. — La scène de l'espion dans les Ronins. Un personnage debout en riche costume lit un makimono. Il est surveillé par un espion caché sous l'escalier. Du haut d'une terrasse, une femme voit toute la scène dans un petit miroir qu'elle tient à la main. Belle pièce de grand format.

172. — Une dame, la gorge et les bras nus, est revêtue d'une superbe robe toute brodée de feuillage d'un effet curieux. Grande pièce à fond jaune.

173. — La fontaine. Une mère avec son enfant sur le dos se mire dans l'eau d'une fontaine. Jolie pièce en hauteur.

174. **Outamaro.** Une dame en belle robe noire et une laveuse assise devant son baquet. Estampe en hauteur.

175. — La poétesse Komati dans sa détresse. Elle est assise au bord d'un torrent ombragé de chrysanthèmes. Format oblong.

176. — Les plaisirs de Taïko avec ses cinq femmes dans l'est de la capitale. Triptyque célèbre et rarissime en superbe tirage.

Taïko, le héros vainqueur des Coréens, l'homme populaire de la fin du XVIe siècle, est représenté assis au milieu de femmes. Il tend la coupe de saké qu'il vient de vider à un homme agenouillé qui lui présente sa coiffure officielle, le *kammuri*, la coiffure du plus haut titre. Sous les arbres en fleurs, dont le feuillage se balance au-dessus d'un rideau de soie formant le fond et où se détachent en violet les armoiries du héros, s'avance, avec un port de reine, vers l'illustre guerrier, l'épouse légitime tenant à la main un grand éventail fermé et sur ses cheveux dénoués deux grandes touffes de chrysanthèmes en or et en argent.

Cette composition parut aux autorités de Yédo une allusion outrageante aux mœurs dissolues du shogoun régnant, Iyénari, de la famille des Tokougawa et le pauvre Outamaro, arrêté et condamné, fut jeté dans une prison dont il sortit, dit M. de Goncourt (*Outamaro*), le corps affaibli et malade.

177. — Les femmes en voyage. Beau et rare triptyque du plus curieux effet.

Cette originale composition, dit M. de Goncourt, représente trois femmes en avant d'une moustiquaire, sous laquelle trois autres femmes, à demi visibles, à demi effacées derrière le treillis, font les préparatifs du coucher, en causant avec les femmes du premier plan.

On se rencontre là avec une des tentatives habituelles en même temps qu'avec une des réussites du pinceau de l'artiste, d'opposer à des femmes en pleine lumière, des femmes dans une pénombre verte, des femmes à l'état de jolies ombres chinoises derrière un châssis de papier.

178. — Fête de nuit sur la Soumida. Un grand bateau de plaisance portant plusieurs jeunes femmes dont l'une, penchée sur l'eau, lave une coupe à saké. Au second plan, une foule d'autres barques et le grand pont couvert de monde. Exemplaire d'un beau tirage.

179. — Des grues. Trois grues debout près d'un arbre en fleurs. Superbe planche au trait avec quelques rehauts d'encre de Chine et de rouge.

180. — Séparation d'amoureux. Scène à deux personnages. En haut, dans un cartouche, un lac entouré de collines.

181. **Outamaro.** La joueuse de shamisen. Charmante planche d'une agréable tonalité rose et mauve.

182. — Jeune femme arrangeant des fleurs de chrysanthèmes dans un vase. Superbe robe verte richement décorée de dessins géométriques et surtout noir à fleurs roses et jaunes.

183. — La robe. Deux jeunes femmes accroupies examinant une robe accrochée à un porte-manteau.

184. — La sortie nocturne. Magnifique estampe de grand format. Une femme, la tête couverte d'un voile noir, marche à côté d'un homme qui, encapuchonné dans un linge blanc, souffle sur la flamme de sa lanterne.

Cette pièce célèbre est du dessin le plus soigné. Les bras, les mains, les physionomies, sont traités avec un soin minutieux. Mais ce qu'il faut surtout noter, c'est le tour de force auquel l'artiste s'est complu en nous montrant une partie du visage de la femme à travers la transparence des plis de l'étoffe noire. Une telle habileté dans l'exécution dénote la collaboration intime du peintre avec l'imprimeur, collaboration qui a permis aux artistes du Japon de produire tant d'œuvres excellentes.

185. — Un enfant et deux femmes. Jolie pièce à tons légers.

186. — Un enfant, se cachant la figure derrière un masque d'Oni, se montre à sa mère qui feint d'être effrayée, à la grande joie d'un second enfant, dont la figure s'épanouit dans un gros rire.

187. — Une scène de Maison verte. Belle suite de deux planches en grand format. Dans la première, une jeune femme hésitante et tremblante s'avance poussée, ou plutôt portée par une de ses compagnes vers le salon de réception où on l'appelle. Dans la seconde, une jeune femme accroupie dans les flots de son ample vêtement, aux nuances délicates, semble étudier des poses élégantes devant deux de ses amies. Dans le fond de la composition, derrière le vitrage en papier tendu des *shoji*, des personnages se profilent en ombres chinoises. Ce sont des femmes chantant et jouant du shamisen, des *taikomati* se livrant à quelque bouffonnerie. Œuvre fort intéressante, d'une grande finesse de dessin et de coloris.

188. — Le filet. Deux jeunes femmes tirant chacune de son côté un filet contenant des fruits. Dans un angle, un kakemono re-

présentant un sennin en prières. Très belle épreuve en ancien tirage. Les mains sont dessinées avec un soin tout particulier.

189. **Outomaro**, Les iris. Jeune fille arrangeant des branches d'iris dans un vase. Au fond, un paysage terminé par le Foudji. Beau tirage d'une grande fraîcheur de tons.

Cette charmante estampe a été reproduite en couleurs dans le *Japon artistique*.

190. — Une mère avec ses deux enfants. L'un d'eux, costumé en acteur de Nô, danse, soutenu par son frère, tandis que la femme accompagne sur le shamisen.

191. — La terrasse. Deux jeunes femmes, en de charmantes attitudes, regardent une scène qui se passe dans le jardin. Leurs robes magnifiques sont couvertes de fruits, de feuillages, de rayons de soleil levant. Le dessin, mollement ondulé, trahit toute la souplesse de leur corps. Dans le fond, derrière une grande moustiquaire jaune, apparait, en transparence, une troisième femme, peinte avec une extrême habileté. Planche fort rare.

192. — Les toilettes de printemps. Promenade d'une grande courtisane escortée de ses trois suivantes. Précieuse épreuve du plus fin tirage.

193. — La musicienne. Une jeune femme, accroupie devant un pupitre à musique, interrompt un morceau de shamisen pour piquer un bâtonnet dans sa chevelure. Robe curieuse à ton gris de fer. Tirage ancien.

194. — Deux jeunes femmes dont l'une porte sur son dos un petit garçon. Charmante pièce d'un coloris frais et élégant.

195. — Une jeune mère accroupie, les seins nus, tient à la main un petit miroir dans lequel elle se regarde en tirant la langue. Derrière elle un gros garçon à demi nu parait furieux et montre le poing. Beau tirage ancien.

196. — L'espiègle. Un enfant profitant du sommeil de sa mère culbute un vase dans lequel étaient arrangées des plantes et paraît prendre grand plaisir à la vue de l'eau qui se répand en cascade sur le parquet. Tirage à tons éteints.

197. **Outamaro.** Un petit garçon et deux femmes. L'une d'elles lui passe à la ceinture un beau sabre. Ancien tirage.

198. — La leçon d'écriture donnée par une mère à son enfant. Jolie pièce à tons doux et éteints.

199. — L'image. Une femme montrant à deux enfants une gravure d'Outamaro, représentant Kintoki et Yama-Ouwa.

200. — Une mère portant son enfant sur les épaules. Personnages en buste. Ancien tirage. Gracieuse composition.

201. — La musique. Un petit garçon frappe à l'aide de deux baguettes sur un tambour (*shimédaiko*), sa sœur tient un autre tambour, le *tsouzoumi* en forme de sablier qu'on frappe avec la main. La mère, debout, les regarde. Tirage ancien.

202. — La chevauchée à Isé. Sur le bord de la mer, près des rochers sacrés, attachés par un câble, trois enfants sont montés sur un cheval qu'une jeune femme tient par la bride. Estampe en hauteur où domine une note rose rehaussée de noir brillant.

203. — Groupe de musiciennes jouant du tambour. Belle planche en hauteur, d'une coloration éteinte. Le panneau du fond représente des cigognes au bord de la mer.

204. — La lanterne magique. Deux jeunes femmes, vues en buste, s'amusent avec des ombres chinoises. Estampe en hauteur.

205. — Les marchandes de crabes. Deux femmes, aux seins nus, à l'épaisse chevelure noire répandue sur le dos, présentent leur marchandise à un passant. Pièce intéressante et rare, d'une belle coloration à tons brillants.

206. — Trois jeunes femmes de Yoshiwara. Pièce fort élégante, d'une jolie tonalité.

207. — La sieste. Trois jeunes femmes sur une terrasse fument leur pipette en regardant le ciel. Le fond gris s'harmonise agréablement avec les couleurs délicates des costumes.

208. — Les deux espiègles. Près d'un fourneau de cuisine, une jeune femme accroupie tient sur ses genoux un enfant qui lui frappe le sein. Derrière elle un petit garçon tire la langue.

209. **Outamaro.** La poupée. Une courtisane, vue en buste, tient une poupée de petit danseur. Tirage à gaufrures. Dans le haut, un makimono déroulé.

210. — L'arrosage. Deux courtisanes, dont l'une s'apprête à verser le contenu d'un arrosoir dans une caisse contenant des iris et suspendue par une corde à une poulie.

211. — Au Yoshiwara. Une courtisane en riche costume décoré de chrysanthèmes et de feuilles de momidzi se rend au salon de réception. Pièce d'un beau tirage avec des jaunes, des verts, des gris et des roses légers et harmonieux.

212. — Le marchand d'images. Il montre à plusieurs jeunes femmes des estampes en couleur. La première gravure représente le petit Kintaro et sa nourrice Yama-ouwa; on y lit la signature d'Outamaro.

213. — La fumeuse. Une courtisane, accroupie et vue de dos, porte à sa bouche une longue pipe. Elle est vêtue d'une superbe robe à tons roses et mauves, décorée d'éventails, d'armoiries et de feuillage. Au-dessus de sa tête, un joli arrangement de fleurs rouges dans un vase en forme de barque. A l'angle supérieur de l'estampe, un cartouche représentant une femme jouant avec un enfant. Pièce d'une belle allure.

214. — Un cortège de courtisanes accompagnées de leurs suivantes. Composition oblongue comprenant 13 personnages.

215. — Une mère tenant son éventail entre les dents joue avec un gros garçon joufflu qui se noue un mouchoir autour de la tête. Excellent tirage.

216. — La gourmande. Une jeune fille, nonchalamment endormie sur les genoux d'une de ses compagnes, se voit en rêve attablée avec un petit garçon et mangeant des friandises. Son amie apparait aussi dans son rêve. Belle estampe en hauteur.

217. — Un jeune prince, portant au poing un faucon, part pour la chasse, accompagné d'un page qui tient son sabre. Dans l'angle supérieur de la composition, un cartouche représentant le Foudji. Élégante composition. Tirage soigné à gaufrures.

218. **Outamaro**. La partie de volant. Deux jeunes femmes, dont l'une, en belle robe noire et rose flottant au vent, s'apprête à recevoir le volant sur sa raquette. Dans le haut de la composition, un coin de paysage avec un pont.

219. — La fête des lanternes. Une rue où se presse une foule animée avec, dans le fond, des maisons pleines de monde illuminées de lanternes rouges. Au premier plan, trois courtisanes en riches costumes.

220. — Toilette de printemps. Une courtisane en grand costume à décor de chrysanthemes, près de la barrière d'un jardin rempli de fleurs. Dans le haut de la composition un store à demi caché sous un feuillage rose.

221. — Scènes de maisons vertes. Quatre planches doubles en format oblong.

Un taïkomati comptant une histoire bouffonne et probablement assez épicée, car les femmes se cachent la face derrière leurs larges manches.

L'exposition des cadeaux, ou l'inauguration des nouvelles couvertures.

Le souper en tête à tête.

Le grand salon.

222. — Portrait en buste d'une courtisane. Superbe estampe de grand format sur fond noir laqué à la manière de Sharakou. Les tonalités des vêtements sont exquises. Pièce de premier ordre et rarissime.

HIDÉMARO

223. **Hidémaro.** La lettre. Une jeune femme accroupie près d'un brasero termine l'adresse sur une lettre qu'elle vient d'écrire.

224. — Les grues de Yoritomo. Deux jeunes femmes et un enfant au bord de la mer caressent des grues qui volètent portant à la patte la bandelette qui leur a été attachée au départ.

A comparer avec le fameux triptyque d'Outamaro.

Les Outagawa

TOYOHIRO

Mort en 1828, élève de Toyoharou.

225. **Toyohiro.** Deux Chinois, l'un à cheval, l'autre poliment découvert devant lui semble lui indiquer sa route. Pièce en hauteur à fond gris.

226. — Les cavaliers. Deux jeunes gens, montés chacun sur un cheval rouge-brun, cheminent en causant. Pièce à fond gris.

227. — La causerie. Deux jeunes femmes près de la clôture d'un jardin. Œuvre charmante, du dessin le plus fin et du coloris le plus délicat.

228. — Deux femmes et un enfant tirent de toute leur force sur une corde rose. Dans le fond, le disque énorme d'un soleil couchant traversé par un gros nuage jaune. Belle estampe en hauteur.

TOYOKOUNI (1769-1825)

229. **Toyokouni.** Un magnifique bateau glisse sur un canal. Il présente de face sa proue formée d'un gigantesque Ho-o vert et rouge aux ailes éployées. Sur le pont, un jeune prince vêtu de noir est debout au milieu de six femmes chantant ou jouant de divers instruments. Une grande voile mauve dentelée de rose, sur laquelle se détache en jaune un caractère chinois, sert de fond à cette composition de l'aspect le plus décoratif. Triptyque fort rare.

230. **Toyokouni.** Le bain. Triptyque représentant six femmes et un enfant. Toutes ces femmes plus ou moins dévêtues sont dans un établissement de bains. Au milieu, deux femmes rhabillent un petit garçon qui gambade. Pièce intéressante d'une tonalité légère et presque monochrome rehaussée seulement par le noir des chevelures et de quelques parties de costume.

231. — La promenade de la mariée. Beau triptyque en magnifique tirage.

La jeune femme descend du norimono qui vient de s'arrêter, elle est soutenue par une de ses compagnes. Un homme soulève au-dessus de sa tête un immense parasol. Une vingtaine de femmes et de jeunes filles forment tout autour des groupes élégants. Quelques-unes apportent des présents. Les costumes, les ornements, le palanquin, les broderies des robes, les laques dorés, tout est dessiné avec un soin minutieux et peint dans une tonalité adoucie qui donne un grand charme à l'ensemble.

232. — Le printemps. Magnifique triptyque dans une gamme rose où les élégants costumes des femmes viennent se mêler harmonieusement à la floraison des arbres qui encadrent toute la composition.

Sur une terrasse, trois jeunes femmes se livrent à un concert de shamisen et de koto. Une autre apporte une coupe de saké et derrière, une jolie boutique de poupées attire les clientes.

La seconde planche nous montre des jeunes femmes sur une terrasse causant avec une amie qui passe près de la maison, sa pipe à la main.

Dans la troisième, trois jeunes femmes se promènent en face d'un élégant pavillon sur la terrasse duquel un jeune prince nonchalamment étendu les regarde, tandis qu'un vieux domestique lui remplit sa coupe de saké. Œuvre importante et rare.

233. — Un intérieur au Yoshiwara. Superbe triptyque exécuté dans une tonalité éteinte.

234. — La plantation des cerisiers à Nakano-tcho. Superbe composition de cinq feuilles.

On a posé tout le long de la rue du Milieu au Yoshiwara des cerisiers en fleurs, et dans cette sorte de forêt improvisée la foule se presse. C'est un va-et-vient de belles courtisanes dans leurs plus riches costumes, saluées au passage d'œillades et de compliments; quelques bourgeoises, des acteurs, d'élégants samouraïs se distinguent dans la foule. Tout le fond de la composition apparaît à demi caché à travers la floraison neigeuse des cerisiers.

235. — Plaisirs de carnaval. Beau triptyque nous montrant comme le précédent une scène de la vie japonaise prise sur le vif.

Dans un riche intérieur décoré de belles peintures, une dizaine de femmes et d'enfants sont montés sur une terrasse au-dessus de la rue. De là, à l'aide de longues sarbacanes rouges, elles lancent de petites flèches sur la foule qui les crible de confetti. On se croirait au Corso.

236. **Toyokouni.** L'intérieur d'une maison verte au Yoshiwara. Admirable triptyque du dessin le plus élégant et le plus soigné, avec des recherches de perspective peu communes. Toute la composition est tirée dans une tonalité monochrome couleur de bois, à peine rehaussée dans quelques costumes par de légères touches de mauve et quelques noirs vigoureux au premier plan.

Dans la première feuille, nous voyons le vestibule de la maison et l'escalier près duquel une femme attend l'arrivée de son amant. Les deux autres planches représentent le grand salon et de petites chambres où des femmes sont occupées à fumer, à faire de la musique, à causer. Au milieu, une femme tenant par la main un amoureux qui a revêtu le fameux peignoir à pois si souvent représenté par Outamaro et qui semble être l'uniforme des hommes au Yoshiwara. Ce superbe triptyque peut être cité parmi les plus belles œuvres de Toyo-Kouni.

Belle série d'estampes de grand format, en excellent tirage, représentant des acteurs et des scènes de théâtre. Cette série est de la meilleure manière du maître :

237. — Personnage de drame, costume à décor de papillons.

238. — Acteur en femme dans un paysage couvert de neige.

239. — Acteur en femme s'abritant sous un large parapluie contre la neige qui tombe.

240. — Femme accroupie ouvrant son éventail. Costume gris et noir orné de grands chrysanthèmes jaunes et roses. Fond jaune. Dans un angle de la composition, un écran sur lequel est peint le portrait du même acteur dans un autre rôle de femme.

241. — La balayeuse. Scène dans un jardin couvert de neige.

242. — Une femme et son chien près d'une lanterne. Fond gris piqueté de blanc par la neige qui déjà couvre le sol.

243. — Une jeune femme debout tenant un éventail sur lequel est peint un vase de fleurs et une poésie avec la signature de Toyokouni. Coloris léger, fond gris.

244. **Toyokouni.** Une femme, vêtue d'une superbe robe à décor de bambous, joue avec un chat. Dans l'angle supérieur de la composition, un portrait du même acteur dans un autre rôle de femme est peint sur le fond d'une coupe à saké.

245. — Scène à deux personnages au bord d'une rivière. Belle pièce à fond bistré.

246. — Retour de fête. Une mère, tenant son enfant par la main, rapporte d'une fête une branche de bambou à laquelle sont encore attachés des devises, un masque d'Okamé, etc. Pièce à fond bistré.

247. — Une marchande portant une boîte sur son dos. Belle pièce à fond gris.

248. — Une vieille, appuyée sur un long bâton, soulève de la main gauche son chapeau. Elle est vêtue d'une superbe robe noire décorée de feuilles mortes et de feuilles blanches et jaunes. Sur ce riche costume est jeté le vêtement de paille dont se couvrent les pauvres gens. Belle estampe à fond gris.

249. — Scène à deux personnages. Un jeune homme, en robe à rayures rouges et jaunes, avec manteau vert, se retourne vers un individu à mine équivoque qui, le dos voûté, le regarde d'un air louche.

250. — Fête de Guéshas. Huit personnages, parmi lesquels plusieurs guéshas, contemplent du haut d'une galerie un spectacle qui se passe dans une pièce de l'étage inférieur. Jolie estampe de format oblong.

251. — Un acteur de drame en riche costume vert et mauve vu de dos. Très belle pièce se détachant sur le fond noir de la nuit. A noter le dessin nerveux d'une jambe nue.

252. — Une ondée. Trois personnages courant à toutes jambes. Pièce comique de petit format.

253. — Acteur de drame. Portrait en buste. Format carré.

KOUNISADA (1785-1864).

254. **Kounisada.** Les plaisirs des acteurs. Magnifique suite de quatre planches de grand format. Une des plus belles œuvres du maître. Série en admirable tirage.

C'est un jour de fête. La Soumida est sillonnée de barques pavoisées. Le grand pont est rempli d'une foule immense. Les acteurs profitent de leurs heures de congé pour venir se promener dans la campagne et prendre leur part de la fête. On les voit au premier plan dans leur costume de ville si peu élégant, la tête encapuchonnée dans un morceau d'étoffe. Ce sont d'abord deux acteurs connus qui regardent curieusement deux femmes arrêtées auprès d'un immense escalier précédé d'un torii. Dans la planche suivante deux autres subissent les lazzi de portefaix qui se sauvent en riant. Dans la troisième, deux autres acteurs, curieusement observés par des femmes qui les reconnaissent, sont devant un étalage de pinceaux, riant avec la marchande et répondant à ses agaceries. Dans la quatrième, c'est une grande courtisane qui s'avance majestueuse accompagnée de ses Kamouros, de son porte-parasol, de son porteur de lanterne. Toutes ces scènes semblent dessinées d'après nature et mille détails bien observés et spirituellement rendus donnent à ces tableaux une intensité de vie extraordinaire.

255. — Une dame en belle robe à pois. Estampe en hauteur, sur fond gris.

256. — Un acteur en femme. Pièce en beau tirage.

257. — Un acteur de drame au milieu de poutres brisées et de chaînes rompues. Costume bizarre décoré de grands caractères noirs sur fond blanc. Pièce en hauteur d'un aspect singulier.

258. — Le pont. Magnifique triptyque en excellente épreuve. Œuvre puissante et d'un effet très décoratif.

En travers de la composition de lourds pilotis supportent la charpente d'un pont sur lequel trois groupes d'acteurs font face au spectateur. On reconnaît parmi eux les acteurs célèbres, Koshiro, l'homme au long nez Ichikawa, Hakuyen, Itchy-Josaï. Ceux-ci, couverts de chauds vêtements, la tête encapuchonnée, s'abritent sous de larges parapluies contre la neige qui tombe à gros flocons et qui couvre le tablier et les parapets du pont. Sous les arches, on voit dans le lointain un autre pont et les deux rives de la Soumida avec des maisons et des arbres couverts de neige.

259. — Un acteur de Nô, en robe verte à broderies blanches. Il est vu de dos à demi perdu dans son ample vêtement flottant à terre.

260. **Kounisada.** Un acteur en costume de femme. Fond de paysage neigeux.

261. — Un acteur de drame.

262. — Les Poétesses. Deux planches élégantes. Dans l'angle supérieur, un livre ouvert avec le portrait d'un des trente-six poètes.

263. — Un acteur de drame au masque terrible, à la chevelure hérissée. Il joint les mains et tient entre les dents une branche d'arbuste fleuri. Pièce curieuse sur fond micacé.

264. — Le grand pont sur la Soumida. Célèbre composition de cinq feuilles, de l'effet le plus décoratif. Exemplaire en beau tirage à tons vigoureux.

Au premier plan, une suite de scènes populaires très variées et très vivantes devant des baraques en plein vent. Les personnages sont d'un beau dessin et habilement groupés : on reconnaît parmi eux beaucoup d'acteurs célèbres. Au second plan, la Soumida chargée de barques avec, en travers, le grand pont d'où descend la foule, piétons, cavaliers, porteurs de Kago, femmes et enfants se pressant dans les attitudes les plus variées.

KOUNIYOSHI (1796-1861)

265. **Kouniyoshi.** Les Ronins. Estampe fort rare et d'un aspect particulier, tirée en grisaille.

Les conjurés grimpent à l'aide d'une échelle de corde dans le palais de Kira. D'autres veillent dans la rue. La lune, au milieu d'un ciel blafard coupé de nuages neigeux, éclaire cette scène. On remarquera que Kouniyoshi a essayé de rendre ici les ombres portées. Ce n'est peut-être pas toujours géométriquement exact, mais c'est intéressant comme recherche et curieux comme effet.

266. — Cinq grandes compositions. Apparitions, spectres, fantômes, pieuvres, animaux fantastiques. Sujets terribles ou grotesques. Cinq planches extraordinaires comme conception, comme fantaisie et comme dessin.

TOYOMAROU

267. **Toyomarou.** Un acteur de drame au masque bizarre. Pièce étroite en hauteur.

YOSHIKOUNI

268. **Yoshikouni.** Un acteur, en costume de guerrier, tient de la main droite une longue lance. Estampe en hauteur à fond jaune.

269. — Un acteur en femme. Costume jaune et rouge; fond rouge.

HOKOUJIOU

270. **Hokoujiou.** Deux acteurs de comédie. Estampes d'un effet très curieux. Le costume bariolé des personnages leur donne un peu l'apparence des clowns de nos cirques.

271. Un acteur en costume noir. Beau tirage à gaufrures.

KOUNIMASSOU

272. **Kounimassou.** Acteur de drame, le sabre nu à la main. Estampe en très beau tirage.

YOSHIKADZOU

273. **Yoshikadzou.** De l'atelier des Outagawa. Un acteur en femme debout devant un *shogi* baie fermée en papier transparent. Beau dessin préparé pour la gravure.

ASHIYOUKI

274. **Ashiyouki.** Un acteur en ample costume à traine. Fond jaune.

275. — Un acteur de drame, vêtu d'une robe blanche à croisillons bleus, est assis sur un banc au bord d'une rivière. Estampe en hauteur.

ÉCOLE D'OSAKA

276. **École d'Osaka.** Un acteur, en costume de Samourai, sous une treille. Fond noir. Belle pièce de grand format tirée en sourimono.

HIROSHIGHÉ (1797-1858)

Suite admirable de grandes estampes en format kakémono. Pièces de premier ordre de l'effet le plus décoratif. Hiroshighé se montre ici aussi grand peintre d'animaux qu'on le trouve ailleurs grand paysagiste. Ses oiseaux de proie, traités largement et avec une grande simplicité, ont une puissance extraordinaire. C'est la nature rendue dans sa vérité la plus intense. Toutes ces pièces sont aussi remarquables par leur coloris et leur tirage que par leur dessin. Toutes, elles méritent de prendre place dans les collections les plus choisies. Elles figurent ici pour la première fois dans un catalogue de vente et comptent parmi les plus rares des œuvres du maître.

277\. **Hiroshighé.** Milan sur une branche de pin. Fond gris éclairé dans le haut par le rouge dégradé d'un soleil couchant.

278\. — Milan sur une branche de pin. La tête se détache vigoureusement en noir sur le soleil écarlate.

279\. — Une cigogne debout sur une branche de pin. L'oiseau se profile sur l'immense disque rouge du soleil.

280\. — Un paon au milieu de fleurs de pivoines.

281\. — Un aigle sur un tronc de pin. L'animal relève une de ses serres puissantes et s'accroche de l'autre au tronc de l'arbre. Il déploie ses ailes immenses, et de son œil fauve semble guetter une proie vers laquelle il va s'élancer. C'est tout un drame représenté par cet oiseau terrible dont le dessin vigoureux est encore mis en relief par le rouge soleil du fond.

282\. — Un tigre dans les bambous. L'animal bondit en avant en agitant sa queue puissante. Son poil hérissé, ses griffes déchirant le sol, son regard faux, tout concourt à lui donner l'aspect le plus féroce.

283\. — Un tigre contre un bambou. Ce tigre se frottant voluptueusement contre un arbre, une patte en l'air, avec son bout de langue rouge qui sort de sa gueule, forme contraste avec le tableau précédent.

284\. — Un daïmiyo monté sur un superbe cheval s'avance, suivi d'un page et d'un porte-parasol. Dans le fond, le Foudji élève sa pyramide neigeuse.

Il est curieux de noter ici la différence des types : la daimiyo, avec sa longue figure pâle sans barbe, semble appartenir à une autre race que ce gros serviteur à la figure rouge, au nez épaté, aux poils plantés à la chinoise, type mongol bien accentué à côté de la race autochtone du Nippon.

285. **Hiroshighé.** Un des trente-six poètes, monté sur un gros bœuf noir, lit un volume de poésies. Il est vêtu d'un riche costume de cour, décoré d'armoiries brodées en brun sur noir. Dans le fond, les nuages bordés de rose par le soleil couchant et la lune apparaissant derrière le feuillage laineux d'un pin.

286. — Un des trente-six poètes, accroupi dans une pose méditative. Au-dessus de lui, les branches roses d'un prunier en fleurs se mêlent au feuillage sombre d'un pin dont la tête va se perdre dans le brun du ciel.

287. — Deux chimères, dont l'une debout sur un rocher semble prête à s'élancer sur une plus petite qui grimpe vers elle. De grosses touffes de pivoines jettent une note rose sur cette scène fantastique peinte dans une tonalité bleuâtre.

288. — La neige dans les montagnes. De hautes cimes neigeuses s'élèvent jusqu'au ciel. Les montagnes taillées à pic forment comme de hautes falaises, dans l'échancrure desquelles on distingue quelques cabanes au milieu de rares sapins qui poussent encore à ces altitudes. Dans le bas, court un torrent. A mi-côte une route taillée à pic est reliée à l'autre flanc de la montagne par un arbre jeté en travers. Sur ce pont vertigineux, un portefaix s'avance avec précaution. C'est un tableau pris sur la nature et qui donne une sensation de profonde mélancolie. La neige couvre déjà tout le paysage et elle tombe encore en abondance. Deux petites barques rouges rompent seules cette monotonie de la couleur comme le mouvement des bateliers rompt seul le silence de cette solitude.

EXCELLENTE SUITE D'ESTAMPES DE FORMAT ÉTROIT EN HAUTEUR, représentant des oiseaux et des fleurs. Une des séries les plus remarquables et les plus précieuses dans l'œuvre du grand artiste.

289. **Hiroshighé**. Vol d'oies dans les nuages. Au fond, l'immense disque de la lune se détache en blanc sur l'azur du ciel. Pièce d'une beauté de tirage remarquable.

290. — Canards dans les roseaux.

291. — Un faisan doré sur un pin.

292. — Passereaux et pivoines. Pièce du plus charmant effet.

293. — Héron blanc dans les iris.

294. — Un paon au milieu de chrysanthèmes.

295. — Un coq et des volubilis près d'un parasol.

L'artiste a cherché ici un effet particulier. Le coq est dessiné au trait sur le fond bistré du papier et se détache sur le noir intense des volubilis et du parasol vus de nuit. Il n'y a de couleur que le rose de la crête de l'oiseau.

296. — Un oiseau de paradis voletant sur des hortensias.

297. — Deux canards mandarins sous une branche fleurie.

298. — Des passereaux et des camélias couverts de neige sur un fond bleu tendre piqué de blanc.

299. — Un bel oiseau à longue queue sur un cerisier fleuri. Fond rose peint en dégradé.

300. — Les quarante-sept Ronins. Trois superbes planches oblongues dans un encadrement. Pièces célèbres en excellent tirage.

Dans la première planche, les conjurés gagnent au petit jour le lieu du rendez-vous: ils passent sur un pont couvert de neige, tandis que deux des leurs les attendent dans un bateau qui les portera vers le Palais de Kotsuké.

Dans une autre planche, les conjurés défilent agitant leurs armes. La colère et la résolution sont peintes sur tous les visages. Ils vont attaquer leur ennemi.

Dans la troisième, un groupe de Ronins portant une grande caisse d'osier qui contient probablement la tête de Kotsuké viennent frapper à la porte d'un temple. Les chiens réveillés dans la nuit par ce mouvement insolite poussent des hurlements, tandis que les bourgeois rentrent chez eux, non sans jeter en arrière un regard curieux.

301. **Hiroshighé.** Un second exemplaire de la troisième planche, en bon tirage.

302. — Les toubillons de Naruto. Admirable triptyque, un des chefs-d'œuvre du maître.

La peinture embrasse un immense horizon. Le fleuve, large comme un bras de mer, occupe presque toute la hauteur de la composition, bornée dans le haut par une chaîne de collines qui va se perdre au loin dans des teintes savamment dégradées. D'abord majestueux et calme, il s'élance bientôt en rapides, et vient se précipiter en cascades du haut des rochers, formant de grands tourbillons et des vagues tumultueuses, pour reprendre un peu plus loin son cours tranquille. Au milieu de la chute s'élève, comme à Laufen, un rocher plus haut que les autres, sur lequel ont poussé quelques sapins. Nous nous trouvons ici en face d'une œuvre de premier ordre. Le peintre a su triompher de toutes les difficultés, rompant la monotonie de cette immense masse d'eau par des jeux de lumière habilement ménagés, et traitant minutieusement les détails sans nuire à l'effet général. Le maître paysagiste peut avec une œuvre de cette puissance être mis en comparaison avec ses plus illustres confrères d'Occident.

303. — Paysage d'hiver. Un jardin couvert de neige dont le blanc se détache entre le bleu tendre du ciel et l'azur d'un lac. Au premier plan, scène de drame à deux personnages dans le style des Outagawa. Triptyque à tons brillants.

304. — Paysage d'automne. Par un calme crépuscule, deux barques portant plusieurs jeunes femmes glissent sur l'eau embrunie d'un lac au fond duquel le Foudji se détache sur la ligne rouge du soleil couchant. Triptyque.

Les personnages de ces deux triptyques ont probablement été dessinés par Kounisada qui collabora souvent, on le sait, avec Hiroshighé.

305. — Un port dans une baie, la nuit. La lune verse sa lumière mystérieuse sur les eaux paisibles où des mâts élancés coupent le bleu du ciel qui se confond avec le bleu de la mer. Diptyque de grand format oblong.

306. — Un feu d'artifice sur la Soumida. Le grand pont Riogakou, noir de monde, traverse toute la composition, tandis qu'au premier plan l'immense proue noire et rouge d'un bateau de plaisance retient l'œil du spectateur, et offre un exemple de ces violents effets de perspective recherchés quelquefois par Hiroshighé au moyen d'objets de premier plan, de dimensions colossales. Diptyque.

307. **Hiroshighé.** Une plage entourée de rochers, près d'une baie aux eaux bleues sur laquelle voguent quelques barques. Beau diptyque en très bon tirage.

308. — Un village sous la neige, au bord d'une rivière. Délicieuse estampe de grand format étroit. L'opposition du blanc avec le bleu de la riviere, aux teintes dégradées, forme un contraste du plus heureux effet.

308 *bis*. — Aurore de printemps. Les premiers rayons du soleil illuminent déjà l'horizon, teintant de rose les toits d'un village. Dans le ciel, que traverse un vol d'oies sauvages, le disque de la lune commence à pâlir. Charmante estampe de format etroit en hauteur. Les colorations du ciel et du paysage sont rendues avec une extrême delicatesse.

309. — Le pèlerinage à Enoshima. Triptyque de grand format oblong.

Une longue procession défile sur le bord de la mer et s'avance sur la route qui conduit au rocher sacré. Le premier groupe est abrité sous des parasols jaunes, le second sous des parasols mauves. Puis viennent des parasols gris et des parasols rouges. Toute cette foule bizarrée produit un curieux effet sur ce rivage battu par les flots de la mer. A l'horizon, le Foudji et le ciel rose.

309 *bis*. — Des gens étalant sur des cordes de longues lanières pour les faire sécher. Beau paysage en tirage ancien d'une chaude tonalité.

310. — Une belle avenue d'arbres en fleurs, sur le bord d'une rivière. Pièce d'un coloris élégant et harmonieux.

311. — Vue panoramique. Au premier plan, un torii précédé d'un escalier que gravissent une dizaine de personnages. Pièce oblongue en tirage ancien, à tons cuivreux.

312. — Des collines avec des pins parasols. Au premier plan, une route que montent et descendent des chevaux lourdement chargés. Chaud tirage ancien.

Belle série de planches de format oblong, représentant des vues du Tokaïdo, du Kissokaïdo, de Yédo et de sa banlieue. Estampes en bon tirage.

313. **Hiroshighé.** Le feu d'artifice sur la Soumida. Le ciel est illuminé par une gerbe de feu et la rivière, doucement éclairée par la lune, coule paisible sous le grand pont où la foule se presse.

314. — Une plage au bord de la mer. Les vagues déferlent sous deux sapins aux branches enlacées.

315. — Des voyageurs dans un paysage montagneux couvert de neige.

316. — Le calme de la nuit. La lune éclaire d'un reflet argenté un paysage formé de lagunes.

317. — Une avenue de cryptomérias sur le Tokaïdo. De chaque côte des rizières.

318. — Navires à l'ancre dans un port. Effet de soleil couchant.

319. — Paysage de printemps. Des arbres en fleurs au milieu de prairies et, comme fond, un ciel rose.

320. — Route conduisant à un village sur le Tokaïdo. Vue de nuit.

321. — Un tertre d'où la vue s'étend sur une immense baie. Les arbres en fleurs se profilent sur le ciel rayé de longs nuages bruns et rouges.

322. — Des prairies couvertes de cerisiers en fleurs, près d'un temple.

323. — Des maisons élevées sur pilotis. Au premier plan, quelques personnages sur une route bordée de pruniers en fleurs.

324. — Le jeu de mains et la collation. Scène sur une terrasse dans un parc.

325. — Un lieu de plaisir au bord de la Soumida. Sur la rivière des bateaux à l'ancre.

326. — L'entrée d'un pont. Une foule de gens se divertissent et regardent dans le ciel une pluie de bombes d'artifices, de *fleurs de feu.*

327. **Hiroshighé**. Paysage neigeux. Une jolie colline, ombragée de pins, au pied de laquelle coule une petite riviere dont l'eau bleue donne sa note élégante au milieu des blancs et des gris de l'estampe.

328. — Un jardin de plaisance en hiver. Le joli ruisseau est glacé. Les gazons et les arbres sont couverts de neige. Mais déja quelques fleurs roses annoncent la venue prochaine du printemps.

329. — Un kiosque au bord d'une rivière. Des bateliers couverts d'un vêtement de paille poussent leurs barques. La neige tombe à gros flocons.

330. — Très beau paysage avec une grève au premier plan, et au fond le Foudji.

331. — La campagne sous la neige. Curieuse planche oblongue à deux tons, noir et gris.

332. — Une grande allée de cryptomérias couverts de neige, au bord d'un ruisseau dont l'eau bleue met en valeur les blancs et les gris de l'estampe. Au fond le rose d'un soleil couchant ajoute sa note harmonieuse à cette belle composition.

333. — Paysage de printemps. Une colline où les toits d'un monastère se détachent en sombre sur le feuillage rose des arbres en fleurs. Au premier plan, la terrasse d'une maison de thé éclairée par des lanternes roses. Des lavis de jaune et de bleu traversent le ciel. Très jolie planche de format oblong.

334. — La tour du château de Nagoya, au bord d'un lac encadré de collines. Estampe oblongue.

335. — Kiôto à la fin de l'été. Une société joyeuse est attablée sur une terrasse au bord du Yodogawa. Sur l'autre rive, des centaines de plates-formes ont été élevées sur pilotis dans le lit desséché de la rivière, des guinguettes flamboient sous les illuminations de leurs lanternes rouges et tout le populaire de Kiôto est réuni là, chantant, riant et buvant, tandis qu'au fond de la composition le Foudji, à demi caché derrière de longs nuages noirs, estompe dans la brume crépusculaire sa pyramide majestueuse.

336. **Hiroshighé.** La foule dans la rue des Théâtres. Pièce célèbre en bon tirage ancien.

La rue est vue en perspective. De chaque côté, les maisons sont décorées de lanternes rouges, de longues bannières flottantes. Les théâtres exposent leurs affiches bariolées, et au milieu se presse une foule énorme d'hommes et de femmes de toutes classes dont les têtes rouges produisent un effet curieux. C'est un grouillement, un va-et-vient rendu par l'artiste avec une exactitude scrupuleuse et une verve pleine d'esprit.

BELLE SÉRIE DE PIÈCES EN HAUTEUR, VUES DES ENVIRONS DE YÉDO

337. — Un gros chat blanc confortablement accroupi à la fenêtre treillagée d'une maison de thé. A travers les barreaux, on aperçoit la banlieue d'Yédo, des champs de riz et le Foudji.

338. — De grands roseaux au bord d'une rivière. Au fond, la campagne.

339. — Un feu d'artifice sur la Soumida près du grand pont.

340. — Un coin de rivière ombragé par des saules.

341. — Une baie encadrée dans de grands pins. Pièce d'un très bel effet.

342. — Le bord d'une rivière garnie de roseaux. Au fond le Foudji sur un ciel coupé de longues bandes rouges.

343. — La rue d'un village aux environs de la capitale. Un cortège défile devant lequel tous les habitants viennent s'incliner. Seuls, deux chiens continuent à se montrer les dents sans souci du grand personnage qui s'avance.

344. — Un quai de Yédo le soir.

345. — Yédo la nuit. Belle estampe en hauteur. Sous un ciel bleu où se détache en blanc le disque de la lune, une rue de Yédo est vue en perspective. Les maisons sont éclairées de reflets rouges et jaunes, et la rue est animée par de nombreux personnages dont les ombres se reflètent sur le sol.

LES BEAUTÉS DES ENVIRONS DE YÉDO (*Meisho Yédo hiakkei*).
Estampes en hauteur

346. **Hiroshighé**. Une baie à Inawa, avec un pin parasol au premier plan et au fond le soleil couchant.

347. — Une route sur une digue. Dans le ciel, un vol d'oies sauvages.

348. — La chasse aux canards dans les roseaux.

349. — Les cigognes sur les bords de la Soumida.

350. — Une colline couverte de pins au bord d'une rivière.

351. — Un cortège seigneurial dans un établissement de thé

VUES SUR LA ROUTE DU TOKAÏDO ET DU KISSO KAIDO

352. — Plusieurs bateaux à l'entrée d'un petit port. Pièce en hauteur.

353. — Des pins et le Foudji dans le fond. Pièce en hauteur.

354. — La rivière sillonnée de barques et, au fond, le toit noir d'un temple. Pièce en hauteur.

355. — La neige. Superbe estampe de format oblong nous montrant un paysage enfoui sous la neige qui tombe à gros flocons.

Pièce intéressante à comparer avec la célèbre planche de Kouniyoshi, dans l'histoire du bonze Nitiren.

356. — Le coup de vent. Une berge au milieu des marais, avec deux personnages dont l'un est enveloppé dans son manteau, tandis que l'autre court après son chapeau enlevé par la rafale sous laquelle se courbent les roseaux. Au milieu de la composition, un saule aux branches dépouillées de feuilles est secoué par la tempête. Format oblong.

357. — Le Foudji couvert de neige ; au premier plan, sur la route, trois personnages. Format oblong.

358. — Un temple sous la neige.

359. — Un pont de bateaux.

360. **Hiroshighé**. La halte à Foudji-iéda. Des porteurs, près d'une auberge, déchargent leurs bagages, s'épongent et s'apprêtent à prendre quelques moments d'un repos bien gagné.

361. — Deux chevaux courant au grand trot trainent après eux une foule d'hommes qui tirent sur de longues cordes attachées à leur selle. Scène caricaturale pleine de mouvement.

362. — Vue d'une baie. Jolie estampe de format carré. Tirage très fin.

363. — Deux barques sur une rivière. Jolie pièce en petit format carré.

364. — Vue sur une baie. Au premier plan de longs bambous supportant des bandelettes flottantes couvertes d'inscriptions.

365. — Une rivière sillonnée de barques et au fond le Foudji. Un pont sur pilotis coupe en travers la composition. Belle pièce avec des bleus dégradés d'un effet élégant.

366. — Vue panoramique terminée par le Foudji. Au premier plan des pins parasols sur une colline et, dans le lointain, un bel effet de soleil couchant.

Ces trois planches remarquables font partie de la série *des vues de la banlieue d'Yédo.*

367. — Un village au bord d'une rivière que traverse une troupe de canards. Effet de neige. Estampe oblongue.

368. — Une rue de Yédo vue dans une perspective fuyante. Au fond le Foudji. Belle planche oblongue.

369. — Vue panoramique d'une rivière aux environs de Yédo. Estampe en hauteur.

370. — Deux femmes dans une longue barque sous les pilotis d'un pont. Estampe oblongue.

371. — Scènes et paysages. Six pièces de grand format.

372. — Estampe à trois compartiments. Celui du haut nous montre des oiseaux sur une branche; ils se détachent en noir sur le disque de la lune et le bleu du ciel. Cette pièce, d'un beau dessin, a été gravée dans le *Japon artistique*.

373. **Hiroshighé.** *Sokkio Kagéboshi tsukushi.* Jeux d'ombres. Quatre planches montrant de curieuses figures obtenues sur des châssis de papier au moyen d'ombres projetées.

HOKUSAI (1760-1849)

MAGNIFIQUE SÉRIE DE NEUF ESTAMPES EN FORMAT KAKEMONO. Pièces admirables et fort rares sur l'importance desquelles il nous semble inutile d'insister.

374. **Hokusaï.** La chevauchée dans la neige. Grande estampe mesurant 0m,50 de hauteur. Pièce rarissime, un des chefs-d'œuvre d'Hokusaï.

Un cavalier, vu de dos, vient d'arrêter son cheval, dont le mouvement est finement observé et parfaitement rendu. Derrière lui, dans la neige, un piéton vêtu d'un costume en roseaux. Au fond, un grand arbre couvert de neige. La coloration de l'estampe en blanc et bleu est de l'effet le plus délicat. Le ciel passe, par une dégradation insensible, du sombre indigo jusqu'au bleu le plus tendre, avec les piquetures de blanc de la neige qui couvre peu à peu le paysage, ne laissant plus, de ci de là, que quelques taches de jaune et de vert.

375. — Trois Chinois devant une porte. L'un tire les verrous, l'autre frappe sur un gong, le troisième, grimpé sur un arbre, semble interroger l'horizon.

376. — Trois personnages en costumes de cour s'entretiennent, assis au bord d'un étang. La perspective qui va en s'élevant jusqu'en haut de l'estampe nous montre une petite presqu'île avec des arbres, une lande rose dominée par des collines vertes et le croissant de la lune dans le ciel bleu.

377. — Les cavaliers. Un cavalier, monté sur un grand cheval blanc qu'il frappe de sa houssine, suit une route rose serpentant entre des massifs de verdure. Un autre cavalier, monté sur un cheval rouge, le précède. Sur la berge, qui descend jusqu'à la rivière, un pêcheur à la ligne.

378. — Un daimiyo, suivi d'un page et d'un serviteur, traverse un pont jeté sur un torrent et se dirige vers un village dont les toits de chaume se distinguent au milieu de la verdure. Dans le fond, les eaux bleues d'un lac et une montagne aux teintes rosées dont la base est à demi voilée par le brouillard.

379. **Hokusaï.** Un homme, et deux enfants sur une colline jaune devant une cascade tombant à pic.

380. — Un homme et une femme battant du linge au bord d'un lac. Dans le fond les toits d'un temple. Très belle pièce.

381. — Un homme, pêchant à la ligne sur un rocher, est interpellé par quatre Chinois descendus d'une jonque, et qui lui présentent une longue feuille couverte d'inscriptions. Dans le haut de la composition, des rochers aux couleurs de corail, autour desquels s'enroule, comme un serpent, un long nuage.

382. — Un daimiyo, sur une terrasse au-dessus de la mer, contemple la lune.

SPECTRES, FANTOMES ET APPARITIONS

Série fameuse de cinq estampes en format oblong. Pièces de la plus grande rareté et qui comptent parmi les plus étonnantes de l'œuvre d'Hokusaï.

383. — La Goule, tête hideuse dévorant un enfant.

384. — La lanterne.

385. — Le squelette.

386. — Le serpent.

387. — Le spectre, forme serpentine à tête blafarde; de la bouche s'échappe une petite flamme.

Ces cinq pièces, en remarquable tirage, sont dignes de figurer dans les plus belles collections.

---

388. — Fleurs et Oiseaux. Charmante suite de sept planches, en excellent tirage d'une riche tonalité, une des plus gracieuses séries du maître.

389. — Des églantiers. Superbe pièce de la fameuse *serie* des *Fleurs* et *Oiseaux* en grand format. Magnifique épreuve, tirage ancien sur fond bistre.

389 *bis*. — Roseaux et pâquerettes. Grande pièce à tons délicats.

390. **Hokusaï.** SUITE DE HUIT ESTAMPES TIRÉES EN BLEU. Des poissons, des oiseaux, des insectes et des fleurs, un homme debout sur un baquet, un bûcheron, etc.

Série rare, en excellent dessin. Tirage à un seul ton.

391. — La chevauchée. Une princesse à cheval, escortée de quatre dames dont l'une porte un sabre et l'autre un grand parasol. Fond de paysage avec le Foudji. Format oblong.

392. — La légende d'Ourashima Taro, le pêcheur qu'une déesse de la mer emmena dans les palais sous-marins qu'elle habitait. Lorsqu'il revint sur terre un siècle plus tard, il ouvrit, malgré l'ordre de sa divine amante, une boîte qu'elle lui avait confiée et vieillit aussitôt de toutes les années vécues sous la mer. Belle estampe de format oblong. Tirage en sourimono à gaufrures.

Voir sur cette légende populaire si souvent reproduite la Notice de M. Appert: *Ancien Japon* et Griffis: *Mikado's Empire*.

393. — Le Foudji dans les nuages. Le sommet de la montagne apparaît dans le fond, sa base disparaît dans la brume. Au premier plan une foule de gens dans la rue obscure d'un village aux toits de chaume. Belle estampe oblongue brunie par le temps.

394. — Des hommes du peuple se baignant sous une chute d'eau. Belle pièce en hauteur de la *Série des Cascades*.

395. — Une cascade tombant à pic de l'échancrure d'un rocher. Très belle épreuve de la même Série.

396. — Le moulin. Un homme faisant tourner la roue d'un moulin à auges dans un marais. Près de là trois femmes du peuple causant et un pont rustique sur lequel passe un homme portant des herbes. Estampe oblongue en remarquable tirage.

397. — Des modeleurs de tuiles. Jolie pièce de format carré.

398. — Une femme et un enfant sous un torii. Derrière eux un petit porteur. Sourimono carré.

399. — Le squelette. Planche de la *Série des Spectres et Apparitions*. Aquarelle de format oblong.

400. **Hokusaï**. La promenade sous les portiques. Longue composition où l'on voit des personnages se dirigeant vers des torii alternativement blancs et rouges, auxquels sont suspendues des bandes couvertes d'inscriptions. Au premier plan trois femmes accompagnées de deux domestiques dont l'une porte une banderolle. Beau tirage.

401. — La cueillette des nénuphars. Une grande barque rouge et jaune est poussée par de vigoureux bateliers sur un étang bleu parsemé de nénuphars au vert feuillage et entouré de collines vertes. Estampe de format oblong.

Pièce rarissime d'une grande intensité de coloris et d'une extrême énergie de dessin. Série des *Cent poètes*.

402. — Une carpe bondissant dans le courant d'une cascade. Magnifique estampe en hauteur d'un dessin puissant et d'un tirage vigoureux. Signée : Taïto.

403. — Un pont hardiment jeté sur deux rochers au-dessus d'une rivière. Dans le fond, les maisons sur pilotis et le disque de la lune. Très belle pièce de format carré à tons bistrés.

VUES DU FOUDJI

Trois grandes estampes de format oblong en tirage ancien.

404. — Le sommet de la montagne apparaissant au-dessus des nuages. Au premier plan un village sur le bord d'une rivière.

405. — La grande vague. Pièce à fond bistré.

406. — Une immense baie. Au premier plan deux arbres sur un rocher. Tirage en bleu.

407. — Vues du Tokaïdo. Cinq planches de format carré. Vues panoramiques coupées de longs nuages roses à la manière de l'École de Tosa.

Les Élèves d'Hokusaï

YANAGAWA SHIGHÉNOBOU (1787-1892)

408. **Yanagawa Shighénobou.** La marchande de balais. Portrait d'acteur en femme. Tirage à tons vifs sur fond gris.

409. — Acteur en costume de guésha. Tirage soigné à gaufrures sur fond jaune.

410. — Un acteur, en costume de guerrier, bande son arc. A ses pieds une cigogne percée d'une flèche. Tirage soigné à gaufrures. Robe en noir laqué d'un bel effet.

411. — Un acteur en costume mauve. Pièce d'un dessin solide à coloration uniforme sur fond jaune. Style de l'école d'Osaka.

HOKKEI

412. **Hokkei.** Kintoki se cramponnant après une carpe au milieu d'une cascade. Sourimono argenté de format carré.

HOKOUBA

413. **Hokouba.** Le philtre. Un médecin, la tête couverte d'une capeline noire, est assis près de fourneaux et d'alambics; en face de lui, deux jeunes femmes, l'une près d'un brasero, l'autre devant une quinzaine de vases de différente capacité. Beau sourimono oblong à rehauts métalliques.

KEISAI YEISEN

414. **Keisaï Yeisen.** Une jeune femme en jolie robe verte et rose avec de petits oiseaux brodés. Dans le haut, une vue du Tokaïdo.

SADAHIDÉ

Élève et collaborateur de Keisaï Yeisen.

415. **Sadahidé.** La chasse d'un Daïmiyo. Intéressant diptyque. Une vaste plaine, au pied du Foudjiyama, où des rabatteurs

chassent devant eux, dans une sorte d'enclos à treillis, une foule d'animaux de toute sorte, sangliers, cerfs, renards, lièvres, voire même des singes. Des soldats armés de longues lances tiennent à distance tout ce gibier que massacrent des troupes de cavaliers.

Ce diptyque peut être considéré comme un véritable document. Il peint, en effet, avec une singulière exactitude et une extrême multiplicité de détails, une scène fameuse de la vie seigneuriale au temps de la féodalité. Les costumes, les bannières, l'agencement des troupes, les uniformes aux diverses couleurs, les grands seigneurs montés sur des chevaux caparaçonnés comme dans les tournois de notre ancienne chevalerie, tout est scrupuleusement reproduit et la pièce offre ainsi un réel intérêt historique.

HOKOUJIOU

416. **Hokoujiou.** Le large estuaire de la Soumida. Au premier plan, de grandes jonques. Belle pièce de format oblong à fond bistré. On y observera de curieuses recherches d'ombres portées.

417. — Un temple, décoré d'une grande statue bouddhique, au bord de la mer. Format oblong.

418. — Des rochers au bord de la mer. Pièce en noir, de style chinois. Format carré.

SADANOBOU

419. **Sadanobou.** Fleurs et oiseaux. Cinq belles planches de format oblong. Excellent tirage sur papier légèrement teinté.

GOGAKOU

Peintre du XIXe siècle, le meilleur élève de Taigado. Ses œuvres sont peu communes.

420. **Gogakou.** Le grain. Une jonque, surprise par l'orage, est soulevée par une vague énorme : les bateliers carguent les voiles. Estampe de format oblong. Le dessin et la composition ne manquent ni d'énergie ni de puissance.

BOUN'I

Peintre du commencement du siècle. Ses œuvres, peu nombreuses, sont fort rares.

421. **Boun'i.** Un pont. Composition oblongue avec une vingtaine de personnages formant des groupes animés et amusants. Style de l'école de Shijo. Beau tirage à tons vaporeux.

ESTAMPE DE L'ÉCOLE D'OTSOU (lac de Biwa).

422. **Estampe de l'École d'Otsou.** Un pin, un bambou, un prunier en fleurs, une tortue et, sous le ciel rouge, une grue volant vers la rivière. Pièce curieuse d'un dessin tout particulier, et de forme hexagone. Fond bistré.

NON IDENTIFIÉS

423. **Non identifiés.** Un portefaix au corps décharné. Pièce en noir de style chinois.

424. — Les gardiens de temple. Deux peintures à l'aquarelle.

425. — La fièvre de Kiyomori. Estampe de grand format oblong, à l'imitation du style de Tosa.

Le terrible Taïra, au moment de sa dernière campagne, en [illegible], fut pris d'une fièvre si intense que l'eau [illegible] dans son [illegible]. Notre estampe le représente soigné par les [illegible] qui [illegible] et se [illegible]. Pièce curieuse à [illegible] avec la peinture exposée à la Bibliothèque Nationale, et qui a été reproduite dans l'intéressant ouvrage de M. Bertin : *Les Guerres civiles du Japon.*

426. — Okame accroupie devant un masque de *tengou*, sorte de diable à long nez. Curieux sourimono, en grand format, de l'école de Kioto.

427. — Le saut de la corde. Scène burlesque à trois personnages. Estampe en hauteur de la série des *Toba-ye.*

Livres et Albums

HAROUNOBOU

428. **Harounobou.** Les occupations des femmes. Charmante suite de quarante et une planches en couleur.

Ces gracieuses compositions nous montrent de jolies Japonaises se livrant à tous les plaisirs mondains et aux occupations artistiques qui tiennent là-bas une si grande place dans l'éducation des femmes. Elles sont exécutées avec cette suave élégance de dessin et de coloris qu'on admire dans toutes les belles estampes d'Harounobou, l'un des plus aimables artistes du Japon.

SHOUNYEI

429. **Shounyei.** Les monstres. Fantômes, apparitions, scènes fantastiques. L'œuvre la plus extraordinaire de l'artiste. 2 volumes illustrés de gravures en noir.

OUTAMARO

430. **Outamaro.** *Shioki no tsouto.* Souvenirs de la marée basse, poésies sur les coquillages par les membres d'une société littéraire. Gravures en couleurs d'Outamaro. Charmante impression à tons très doux (1792). Planches doubles. En un vol. in-4, cart.

Le haut de chaque planche est occupé par une poésie en *hira kana* cursif, le bas par un sujet. La première planche représente des femmes et des enfants cherchant des coquilles sur une plage dont la mer s'est retirée. Les suivantes nous montrent toutes sortes de coquilles exécutées avec une perfection inouïe, « rendant, dit M. de Goncourt, le coloriage impossible des coquilles aux taches diffuses de pierres précieuses ». Le livre se termine par une planche représentant le jeu de *Kai-awasse*, un jeu spécial aux jeunes Japonaises, qu'on voit accroupies dans un joli intérieur, autour d'un rond de coquilles.

431. **Outamaro**. ***Yéhon guin Sekai.*** La nature argentée (la neige). Recueil de poésies accompagnées de cinq planches en couleur. En un vol. in-4, cart.

432. — *Yéhon Kioghétsubô.* L'admiration folle de la lune. Album de cinq planches doubles, publié en 1789.

433. — Les plaisirs du jour de l'an. Suite de cinq planches en excellent tirage. Pièces oblongues, accompagnées de poésies, en un album in-4.

La première planche, dans le style de l'École de Tosa, représente une audience impériale ; la seconde des manzai venant divertir un gouverneur de province ; la troisième, une maison dont la porte est ornée de gerbes, et, sur la route blanche de neige, un homme portant une femme sur son dos, un gamin poursuivant des chiens, etc. Dans la quatrième, nous assistons à la danse du lion de Corée. Dans la cinquième, des bateleurs font exécuter des tours à un singe devant une société de dames dont quelques-unes sont vues en transparence derrière un store.

434. — ***Yéhon mushi-yérabi.*** Les insectes choisis. Belle suite de 15 planches en couleurs représentant des fleurs, des fruits et des insectes. Édition publiée en 1788 et précédée d'une préface de Toriyama Sekiyen. 2 volumes in-8 d'un bon tirage.

435. — *Yéhon momotidori.* Les cent crieurs. Huit estampes en couleur à doubles pages.

Chouette et geai sur une branche morte. Deux grues et une poule d'eau plongeant après des petits poissons. Pigeons picorant au milieu de fleurs de momidzi. Faisan, poule faisane et bergeronnette. Aigle et émouchet sur un prunier fleuri. Faisan de la Chine et hirondelles. Cailles et râle de genêt. Coq et poule.

HOKUSAI

436. **Hokusaï.** *Yé hon-Adzouma-asobi.* Les beaux endroits des environs de Yédo. Deux volumes illustrés de gravures en couleur, avec poésies dans le haut.

Œuvre intéressante de la jeunesse de l'artiste (1802).

437. — Le drame des quarante-sept Ronins. Suite de onze planches oblongues en couleur. Très bel et très intéressant album qui se rencontre difficilement complet et en un bon tirage. C'est une des premières œuvres d'Hokusai ; elle est datée de 1797.

438. **Hokusaï.** Shashin gwa fou, l'œuvre la plus puissante peut-être qu'ait enfantée le génie de l'artiste. Les planches sont de format oblong et pliées en album in-8.

L'album comprend 15 planches d'un admirable dessin rehaussé de tons légers. Nous en donnons l'énumération : 1. Un homme peignant en noir la base d'un tori-i. — 2. La déesse Kwan-non dans les nuages. — 3. Hotei fumant une longue pipe. — 4. Un homme béatement accoudé regarde voler deux papillons. — 5. Un site neigeux avec le Foudji. — 6. Une branche de prunier fleuri. — 7 à 10. Fleurs et feuillages. — 11. Le fameux aigle, d'une si merveilleuse allure. — 12. Le faisan (deux planches qui ont été reproduites et décrites dans le *Japon artistique*). — 13. Deux canards mandarins. — 14. Une loutre. — 15. Deux lapins.

HIROSHIGHÉ

439. **Hiroshighé.** Les poissons. Magnifique suite de quatorze planches en grand format oblong.

Œuvre fameuse et justement admirée de l'artiste.

Kakémonos

440. Vingt Kakémonos de différents artistes.

Ce numéro sera divisé

Paris — Typ. Chamerot et Renouard, 19, rue des Saints-Pères. — [illegible]